수평으로 함께 잠겨보려고

수평으로 함께 잠겨보려고

강지이 시집

창비

결코 절망하지 않을
나의 친구들과 가족들에게

차
례

제1부

여름

그곳에 영화관이 있었다

여름엔 수영을 했고 나무 밑을 걷다 네가 그 앞에 서 있기에 그곳에 들어갔다 거기선 상한 우유 냄새와 따뜻한 밀가루 냄새가 났다 너는 장면들에 대해 얘기했고 그 장면들은 어디에도 나오지 않은 것이었지만 그래도 좋았다 어두워지면 너는 물처럼 투명해졌다 나는 여름엔 수영을 했다 물 밑에 빛이 가득했다

강 밑에 은하수가 있었다

새의 밤

달걀을 깨서 유리잔에 넣을 때였다. 달걀을 가득 담아 테이블에 유리잔을 내려치면 그 잔이 자신만의 달걀을 낳을 것 같아서. 하지만 내려치니 깨지는 건 내 앞의 창문이었고 깨진 창문 사이로 여름밤과 그 밤의 소리들과 새들이 쏟아져 들어왔다. 밤보다 어두운 새들이 부리로 별을 나르고 있었다. 방은 이제 별빛으로 가득했고 별을 나르던 새들은 테이블 위에 앉아 있었다. 새들을 만져보니 쉽게 구겨졌다. 누군가가 종이로 접어놓은 새였다. 실수로 새들을 바닥에 떨어뜨리니 쨍 소리를 내며 완전히 부서졌다. 내 방에 들어와 점점 퍼져가던 여름밤도 새들이 부서지는 소리에 놀란 듯 창문 밖으로 빠져나갔다. 한순간, 여름밤의 소리가 사라졌고 빛을 내던 별들도 껍데기만 남아서 나는 눈을 감았다. 눈꺼풀 안에서 사람의 그림자를 보았다. 손을 뻗으면 그 그림자에 닿을 수 있을 것 같아 눈을 감은 채로 손을 펼치자 손가락 사이로 그림자는 빠져나가고 방 안엔 오직 깨진 창문과 테이블 밑으로 흘러내리는 달걀만이

한눈팔기

속눈썹 사이에 흰 털이 자라나 있었다 기묘하게 뻣뻣한 것이 아무래도 내 것이 아닌 것 같아 길을 다니며 마주치는 동물들에게 인사한 뒤 그들의 코에 내 속눈썹을 가져다 대었다 개들은 아니라고 했고 그래도 그 속눈썹과는 친구가 될 수 있을 것 같아,라고 말해주었다 고양이들은 갑자기 엉덩이를 가져다 대거나 화를 냈다 인사를 했는데도 그 모양이었다 두더지들은 나올 수 없다고 했다 쥐들은 그냥 가지고 살아 새들은 집에 장식하라고 지금 선물로 보여주는 거니 이제 떼어가면 될까? 너구리 오소리 족제비 토끼 만나러 가는 곳마다 통로, 골목, 골목, 나무, 다시 통로, 굴, 골목 크게 걷다가 작게 걷고 위를 보면서 마구 뛰다가 힘을 놓으면 하늘에서도 걷다가 다시 내려와 작은 수풀 통로를 통해 들어가면 작아지고 작아진 채로 끊임없이 수풀 사이를 헤집고 들어가니 나오는 동그랗고 텅 빈 공간 끝엔 양 갈래 길 그곳에 누운 채로 고개를 돌려 한쪽 길 끝을 바라보니 네모반듯한 돌 위의 고양이 그 고양이와 다시 코를 맞추는 내가

VOID[*]

그 산책의 시작은 놀이터였다.

우리는 작고 푸른 오리 모양의 흔들의자에 몸을 넣은 채,
아이의 그네를 밀며 노래를 불러주는 여자가 노래를 끝마친
뒤 아이를 그네에서 내려주고 손을 잡고 아파트 쪽으로 걸
어가는 뒷모습을 볼 때까지 그곳에 앉아 있었고 너는 일어
나서 곧바로 여자의 노래를 흥얼거렸다 나는 네가 흥얼거리
는 소리가 아무래도 잘 들리지 않아 어디 바람도 불지 않는
곳으로 가고 싶었다 그래서 걸었고

첫번째와 두번째 골목
한낮인데도 가로등이 깜빡거리고 누군가가 버린 담배꽁
초와 깡통들이 심각한 대화를 무기력하게 나누고 있었기에
우리는 땅바닥을 되도록 보지 않으려 노력했고 하늘을 보며
걸었다 구름과 바다란 단어를 수시로 헷갈리는 네가 커다란
바다가 하늘에서 흘러가고 있다는 말만 내뱉고 이곳에서 노
래를 부르기엔 다들 너무 심각한 대화를 나누고 있어서 나
는 좀더 걸어도 괜찮으니 더 넓고 트인 곳으로 걸어보자,고
손을 잡고 골목에서 빠져나왔고

버드나무가 요란하게 흔들리고 잔풀만 발에 밟히는 곳
　이곳에선 노래를 부를 수 있겠다,며 네가 노래를 부르자
버드나무가 그 노래에 맞춰 머리를 흔들기 시작했고 저 나
무는 왜 저렇게 눈치가 없을까 말도 걸지 않았는데 왜 혼자
흥에 겨워 춤을 추고 있을까 하는 마음에 다시 걷다가

　폐쇄된 박물관
　아주 옛날에 죽은 왕들의 보물을 전시하던 곳은 문도 닫
혀 있지 않았다 먼지 쌓인 전시관을 둘러보다 우리의 발소
리는 왜 이렇게 시끄러울까 생각하며 발밑을 내려다보니 전
시 물품을 감싸던 유리를 밟으며 걸어왔다는 것을 깨닫고
유리가 없는 트인 곳을 찾아보기로 했다 다시 걷고 또 걷다
보니 커다란 기둥 옆엔 아무것도 두지 않은 넓고 트인 곳 바
람이 모여서 잡담을 나누고 있었고 그들은 우리와 눈이 마
주치자 순간 입을 다물고 도망치듯 밖으로 나가주었다 그래
서 너는 노래를 부르고 나는 너의 짧은 머리 이제 여긴 바람
도 불지 않는데 네 목덜미에 있는 잔털들이 조용하게 흔들
리는 걸 보고 이것이 내가 너를 계속,

* 국립현대미술관 ˙VOID˙ 전시(2016년 10월 12일~2017년 3월 17일)와 현대카드 스토리지 Numen/For Use ˙VOID˙ 전시 (2017년 3월 24일~6월 18일)에서 영감을 얻음.

산책

어제는 산책을 나갔다 걷고 물을 마시고 또 걷다가 커다란 물푸레나무 아래서 책을 파는 사람을 만났다 고양이 가면을 쓴 사람이었다 테이블 위엔 두권의 책이 올려져 있었다 당나귀 그림이 그려진 흰 책과 짙은 녹색 책이었다 나는 당나귀 그림이 그려진 흰 책을 집어 들었다 책을 한번 펼쳐보세요 고양이가 말하고 표지를 넘기자 책 속엔 바다가 있었다 나는 그곳에서도 한참을 걸었다 바다로 가까이 다가가니 희고 둥근 종이들이 물 위에 떠 있고 종이에 무언가 적혀 있는 것 같아 잡으려 손을 대니 나는 어느새 바닷속에 있고 떠 있던 둥근 종이들은 물 안의 그림자가 되어 까만 해처럼 보이고 내 얼굴 위로는 그림자들이 쏟아져 내려왔다 무수히 많은 검은 해를 맞으며 또다시 걸었다 숨을 쉴 때마다 물이 들어왔다

서랍

서랍을 하나 장만했어요
바닥에 내려놓는
희고 네모난 것입니다

무엇을 넣어야 할까

넣으려 다짐한 것들은
들어가지 않아서

요즘엔 그래서

서랍에 저를 넣어두고 다니며
서랍만큼만 생각하고 있어요
그랬더니 모두들
사람 되었다며
칭찬해
줍니다

빛바랜 야광별 대신

파리 내장이 무수히 박혀 있는 천장을
바라보며

파리가
아무리 성가시게 굴어도
나는 이제
아무렇지 않게
잘
잡니다

그런데

어떤 커다란 흰 새는
여전히 창공에서
날고 있고

그럴 때
아주 가끔
서랍에 대하여

다시

대신

무엇을 넣어야만 하는 걸까

하는

수영법

새벽에 유리를 안고
창밖으로 갔다

유리에 밤의 나뭇잎과 달이 출렁이고
천천히 유리가 물이 되어갈 때 그 안으로

뛰어들었다

물의 중앙에 떠 있는 달, 그 달 위에 자라난 거대한 나무,
고요하게 헤엄치는 나뭇잎과 나뭇가지, 날고 헤엄쳐 다가와
서는 "이곳에 앉아도 되겠습니까?" 정중히 물어보는 작은
올빼미들

그들은 이제 밑동에 앉아 졸고 있고
나는 작은 나뭇잎들을 떼어다 그들의 몸에 둘러준 뒤

오늘도 가장 위로 올라가려
발을 움직인다

다만 언제나 올라가며 생각하는 것은
내 머리카락이 물에 휩쓸려 요동칠 때
네 머리카락 사이사이로는 정오의 빛이 지나가 항상

투명해지고 있다는 것
그런 것을 생각하고 금세 잊어버린다

발을 구른다

문

어항을 받았다
그 안에서 문제가 생기면 바로
알아보려고
빨강, 초록, 파랑, 노랑 물고기들을
넣어보았다

내게 더 가까이 두고자
어항에 손을 대니
손잡이가 잡혔다

어항엔 문이 있었다
그 문을 여니
쏟아져 나오는 건
빗줄기 사이를 지나가는
빛

물고기들은
눈길도 주지 않고 빠르게
내 앞을 지나간다

나는 비를 맞으며

어항의 천장을 바라보았다

내가 끓이던 물의 수증기가
비가 되어 어항 위로
쏟아지고

등 뒤에서 소리가 들려
돌아보니

누군가 다시
손잡이를

궤도 연습 1

온통 흰 벽뿐인 전시관에서
거대하고 느린 고래의 움직임을 플라스틱 화면으로 보
았다

푸른 수면으로 나와 잠시 숨을 쉴 때 낮이든 밤이든 항상
몸엔 물이 있었기에 그의 표면은 빛이 났으나 그런 건 아무
래도 상관없다는 듯 고래는 점점 더 깊고 까만 바닷속으로
들어가고 빛이 있어 푸른 곳으로 나오고 다시 더 깊은 어둠
속으로 들어가고 가끔 친구를 만나면 검푸른 중간 지대에서
노래를 부르고

내 옆에 서서 함께 그를 바라보던 연인들과 아이들과 그
아이들의 손을 붙잡은 이들이 모두 고래는 참 아름답다,고
말했고

나는 지하철에 앉아 아까 사람이 그렇게 많았는데 어떻게
그곳의 벽은 그토록 새하얄 수 있었을까 생각하다

3호선이나 5호선으로 갈아타실 고객께서는 이번 역에서

내리시기 바랍니다,를 듣고
　자리에서 일어나 걷는다

그림자 극장

커다란 창이 있는 방이었다.

창밖으론 대여섯의 나무가 줄을 맞춰 드문드문 서 있고
그들은 저마다의 잎사귀와 얇거나 굵거나 딱 그 중간의 나
뭇가지들을 가지고 있었다. 바람이 불면 그 나무들은 핸드
벨처럼 고유의 소리를 냈다.

나는 창을 연 채 그 방에 앉아 벽에 영화를 틀어놓았고
어제저녁엔 다양한 여성들이 있다, 그 사람들은 지금 같
이 이곳에서 우리와 있다.에 대한 기록을 보면서
그나마 행복해했고

초저녁이 되면 영화를 튼 채로
창밖을 바라보았다.

대여섯의 나무, 하늘을 수놓은 까만 나뭇가지 그 사이를
지나는 암청색의 빛 어디까지 갈지도 모르고 더 높이 닿을
수도 없을 것만 같은데 나뭇가지는 쉬지 않고 조금씩 하늘
로, 더 위로 나아간다.

그런 아름다움을 보며
평생을 견디고 있다.

베개

　자고 일어나니 베개가 젖어 있었다.

　머리카락 몇가닥이 투명했다. 손으로 쓸어내리자 물이 되어 떨어졌다. 룸메이트는 자면서 자주 잠꼬대를 했다. "죄송합니다. 다 제 잘못입니다." "전부 사실인데 도대체 무엇이 거짓인가요." 자고 있는 룸메이트의 베개 끝을 만져보니 그것도 축축했다. 베개들이 전부 축축하고 도무지 쓸 수가 없어서 나는 그녀가 말하는 문장들을 베고 다시 잠이 들었다. 다리가 사과가 되어가는 꿈을 꾸었다. 상하지 말라고 물을 줘도 자꾸만 자꾸만 단 냄새를 풍기며 다리는 착실히 썩어가고 썩어가면 썩어갈수록 단 냄새는 진해지고 룸메이트는 이제 "제 잘못입니다" "죄송합니다"와 같은 말을 점점 더 하지 않고 몇개의 단어만 중얼거리고

　베개는 아무리 말려도 건조해지지 않는다.
　나는 이제 그런 단어들을 베고 잔다.

그리고 너는 생각했다

지난밤 너의 행방이
묘연했다

돌아왔을 때 우리는 밖으로
나갔다

여름 밤바다를
함께 바라보며
파도, 파도라고 소리 내는 너를
나는 보고 있었다

"파도는 무슨 파도인가요. 지금 여기에선
무엇도
잘 움직이지 않는데요."

우리들 등 뒤에선 바로 야간열차가 소음을 내며
지나가고
너는 그럼에도
못 들은 척 계속 파도, 파도라고

얘기한다

"밥은 먹었나요. 나는 지난밤
생각이 많았어요."

저 멀리선 누군가가
밤하늘 위로 폭죽을 쏘아 올리고

너는 계속 파도, 파도라고 대답한다

나는 이제 조용히 앉아
멀리서 다가오는 배의
명멸하는
빛을 보고 있었다

파도, 하고 다시
네가 입을 열자

내 옆의 물품 보관함이

동전이나 지폐를 넣어달라고

대신

말을 내뱉는다

명랑

심각한 일을 말해도
사람들이 웃었다

아무래도 이상하잖아요
잘못한 게 하나도 없는데
이상한 일들이 매번
일어나는 건

그런 말을 할 때마다
네 인생은 시트콤과 같구나
울적한 얼굴도 예쁘구나

하면서 웃었다

사람들 말이 너무 많아요
하루 정도는 세상의 모든 인간이
입을 열지 못하면 좋겠어요

입을 여는 대신

주변에 있는 문을
열고 닫았으면

문을 열고 닫는 것에
지친 사람들이

그대로 안에 들어가
영영 나오지 않는다면

그러면 나는 그 문을 꼭 잠그고

나와서 산과 들을
쏘다녀야지

Plastic Home ground

이번에 80% 미만*이어서 대체 가능 판정을 받고 왔다는 K
를 만났다

그가 손에 쥔 정사각형 종이엔

대체 가능

네 글자가 정갈하게 적혀 있었다

그렇게 열심히 했는데 지금 손에 잡히는 건 이 종이밖에
없더라고 80% 미만을 올릴 수 있는 방법은 전혀 없나요 아
예 그건 방법이 없는 걸까요 물어보았지만 이미 떨어진 것
은 아무리 노력해도 내 선에선 할 수 없는 것이고 그나마 지
금 있는 상태라도 유지할 수밖에 없다고 너무 애쓰지 말라
는 말만 하더라고

너도 확인할 수 있는 기운이 그나마 남아 있을 때 자주자
주 성능 상태를 체크해봐

라며 좋아하는 밥을 거의 남긴 채 택시를 잡아 집에 돌아
가는 그를 보았고

　지하철을 타고 오며 바로 확인하자 나의 경우는 60%였고
나는 대체 가능이란 게 저렇게 확실히 존재한다면 대체 불
가능한 것이란 대체 무엇일까 생각하고 그런 것이 있긴 할
까 대체 불가능한 순간은 사랑의 경우엔 아주 잠시 가능했
던 것 같기도 하고 그런데 그런 찰나도 이런 성능 상태로는
겪을 수가 없다 조금만 추워져도 금세 나는 꺼져버리는데
고작 그런 한순간을 위해 무언가를 시작하려고 하면 당연히
꺼져버리지 않을까 그런 것들을 있는 힘껏 생각하는데

　무리하게 타지 마시고 다음 열차를 이용하시기 바랍니다

　안내 방송이 들려오고

　사람들이 언젠가 탔었던 오리 배 지붕 위로 번지는 물그
림자처럼 밀려오는 걸 보며

성능 상태 60% 미만으로 이런 시간을
남아버린 그 거대한
시간들을 나는

지내야 한다

꺼지지 않아야 한다

있는 힘껏 정말이지

있는 힘껏

* APPLE iOS의 배터리 성능 상태 기능에서 영감을 얻음.

통로

밤에
숲길을 걸었다

잎이 아름다운 나무를 지나
오르고 내리고 나뭇가지를 발로
부러뜨리며 쉴 새 없이
걸었다

그러다
어린아이들이 나무를 보며
하는 얘기를 들었다

더이상 이가 나지 않고 대신
붉은 열매가 입안에서 하나씩
하나씩 자라나는 꿈을 꾸었고

입을 닫으면 그 열매가 터져서
턱 밑으로
붉은 물이 뚝뚝

떨어졌다는
것

입을 닦으려 마른세수를 하자
눈알이 머리 뒤로 굴러갔고
눈구멍만 남아 있어서

그 구멍에 손을 집어넣고
몸통과 다리도 접어 안으로 더 안으로 들어가니
이 나무 같은 게
만져졌다고
했다

모두 똑같은 꿈을 꾸었다고 말한다

아이들은 이제 나무의 열매를 딴다
열매를 손으로 짓이겨

그들의 손가락 마디마디가

붉어지는 것을 보고 있는데

발이 축축해
고개를 내려보니

내 발은
붉지 않고

진흙만이

야간비행

어릴 때부터
책상 밑엔
거미가 세마리
있었다

태엽이 멈춘 듯
낮엔
아주 조용히 가만히
있었다

그러나 거미들
밤엔
온몸에서 윤기가 돌았다
참을 수 없을 정도로 떠들었다

곳에서   보이지?
이   나가기   저 위에 커다랗고   저 흰 것들
                위해선   에
                                흰 것들
                                                        실을

                                연결해   마구마구
                        그럼   뿜어내서
  우린   이 곳에서
        나갈
                수
                있어

끊임없이 말을 했고
나는 지친 채로 얕게 잠이 들어도
거미들이 별과 별 사이를 얇은 실로 연결해
종알종알 떠들며 쉴 새 없이 걸어가는
꿈을 꾸곤 했다

낮의 책상 밑에서
아주 조금씩
움직이는 까만 세 점을
보던

어느날

　가로등도 없는 동네에서 오늘따라 유난히 커다란 달빛만을 의지하니 내 그림자가 너무 크고 어두웠다 그림자에 공포를 느낀 채 집까지 빠르게 달려 방으로 들어오자 코에 닿는 찬 바람 창문이 아주 살짝 열려 있었고 큰 달빛을 받아 흔들리는 투명한 실이 보였다 얇고 반짝거리는 실이었다 도대체 어디까지 향해 있나 싶어 창문을 활짝 열고 올려다보니 실은 달까지 이어져 있었다 창을 닫으려다 실이 너무 팽팽하고 가늘어서 그래도 언젠가 한번은 돌아오고 싶을 때가 있을 텐데 그럴 때 혹시라도 길이 끊어져서 오도 가도 못한 채 하늘에 내내 떠 있기만 하면 어떡하지 싶은 마음에 계절 내내 창을 닫지 못하고 바람과 함께 매우 조용하고 깊은

잠이 들었다

궤도 연습 2

이곳에서 내리겠다는
붉은 불이 켜졌다

하지만 누른 사람은
창밖을 보고 있어

내리지 않았고

이미 창밖의
크리스마스 불빛들을
바라보던 누군가가

그곳에서 내렸다

내리는 사람을 보며

어두운 방에서
텔레비전 채널을 바꿀 때마다 깜빡이던 빨간 빛과
초록 빛

밝게 웃는 사람들

자신의 얼굴을 매만지며 하염없이 그것을 바라보던 우
리와
너의 얼굴로 쏟아지는 창백한
빛

손에 쥐고 잠든 리모컨
창밖의 고양이 울음소리로 일어나
어두운 화장실의 환풍기 사이로 들어오는 바람과 빛으로
깨닫게 되는
한낮

다시 이곳에서 내리겠다는
붉은 불이 켜진다

저 멀리 건물 사이로 내일이 지나가고 있다

수술

    사람이 모여 있는 곳을 조금만 벗어나면 매우 조용한 공간이 나타난다 먼지가 쌓여 있는 침대 불이 들어오지 않는 복도 어떤 단어든 소리 내어 말해도 바람 소리에 묻혀 사라지는

    저 침대에 누워 있던 적이 있었던 것 같다
    누워서 누군가를 기다렸던 것 같다

    침대에 누워
    누군가를 기다리는 과정

    옷깃 사이로 바람이 들어오고

    안구엔 먼지가
    천천히 내려앉는다

    아무도
    이곳을 알지 못할 것이다

알코올 냄새와 같이
누워 있다

남겨진 사람들

너는
남겨진 사람들에겐
벽에 걸린 레이스를 준다고 했다

너는 레이스 뜨는 것을 좋아했다 어두운 방에서 창문으로
들어오는 빛을 따라 작은 무늬들을 하나하나 피워내는 모습
을 나는 보곤 했다 차를 끓이고 마시고 고요했던 실들이 이
제 서로 마주 보게 되어 한참을 속삭이게 하고 실들의 속삭
임이 점점 퍼져나가면 그것을 방 안에 걸어두었다 가끔 바
람이 불면 분홍색 꽃잎과 작은 나뭇가지들이 방으로 들어오
지 못하고 네가 만든 커튼의 레이스와 손을 맞잡고 있었다
   그런 레이스를 준다고 했다

나는
그 방으로 들어가지 못하고
복도에 서 있었다

망원경과 없는 사람

그해 여름은 바다에서 지냈습니다
한자로 쓰인 역명, 표지판 너머엔 나무들이 무성했고

엘리베이터를 차례로 타며 버튼을 누르는
사람들의 손끝엔 투명한 붉은빛이 물들고

잠시 왔다 갈 수 있는 마음은 저런 빛이구나

굳이 기다리던 엘리베이터를 보낸 채 캐리어를 끌고 계단
으로 내려와 도착한 곳은

자고 일어나면 온몸이 끈적하고 항상 모기에게 볼을 물려
붉은 얼굴로 걷게 되는 곳

도색이 벗겨진 플라스틱 망원경을 든 채

아무리 멀리 보려 망원경을 사용해도 바다 끝은 보이지
않아요 그냥 저 멀리는 뿌옇기만 해요 이곳에 와서 무언가
자신을 찾았다고 말하는 사람들은 다 사기꾼이에요 이미 마

음속에 답을 정해두고 그나마 가장 그럴듯한 곳에서 그 답
을 찾은 척한 거죠

　도무지 깊은 잠을 잘 수 없는 곳으로 돌아오면
　너는 바닥에 빌린 책을 펼쳐놓고 자꾸만

　페이지 이곳저곳 투명 테이프를 붙이고

　이렇게 좋아하는 부분을 조명에 비추면 이것도 이렇게,
　봐봐 빛이 날 수 있다고

　말도 안 되는 소리를 하고

　근데 그걸 떼어버리는 순간 책이 더럽게 찢어지잖아 글자
도 사라져버리고

　아무리 말해도 나는 없는 사람이어서 너는 계속 테이프를
붙이고

습기를 먹어 반짝이는 채로 부푸는 페이지, 점점 내려앉는 캐리어
볼에 달라붙는 모기

계속 얼굴을 긁고

나는 계속 생각했습니다
햇볕은 언제나 너무 뜨겁고
바다의 우울은 어디에서 끝이 나며
도대체

이 여름은 어떻게
사라질는지

그 여름의 꼬리를 볼 수 있다 말하는 누군가의 눈동자가
무수히,
걸어다닙니다

구구의 약력

발 빠짐에 주의하세요,
라는 표지를 읽었을 때

이미
구구의 발은
찬 물속에 잠겨 있었다

차갑게 얼어붙은 발, 그 위를 떠다니는 벌레의 시체

하늘에선 주인 모를 풍선이 흐느적거리고

어제 본 배우와 그 사람의 옆모습 옆모습의 윤곽을 따라
가던 무대 벽의 그림자 그림자 진 옆모습 배우의 안광

그런 것들을 구구는 생각한다

내일은 집으로 돌아가야지

이 구간에선 전력 공급 방식이 바뀌니 잠시 불이 꺼진다

는 어떤 말들이나 그것에 대한 무수한 양해와 같은 것들

　이미 보내버린, 눈앞으로 빠르게 지나가는 열차 열차 안
의 사람들이 희미한 덩어리로 뭉쳐지는 모습

　또한 어제 본 배우의 옆모습이나 그의 코 같은 것들 벽의
무늬 착, 착, 착, 착 소리 내어 돌아가던 벽을 투과하는 영사
기 그 조명 밑으로 번지던 그림자들이 뉴스에서 본 건물에
난 불과 움직임이 똑같았다는 것

　다시
　구구는 물속에 발을 넣은 채
　생각했다

　그런 모습을
　언젠가 본 것도
　같다고

궤도 연습 3

퇴근길 열차 안에서 노을을 얼굴에 담은 사람들을 보았다
모두 같이 빛나는 물을 내려다보고 있다

집의 불을 밝히러 거의 사라진 노을을 데리고 간다
너무 밝은 것은 함께 갈 수 없다

이곳에서 보는 첫번째

이사를 했다 나무 소리만 들리는 동네로 불을 끈 뒤 새로운 집에서 새로운 마음으로 첫번째 잠을 자고 일어나자 무언가 살짝 정수리를 긁었다 머리를 두는 벽 쪽에 가늘고 긴 것이 자라나 있었다
나뭇가지였다

어제는 분명 없었는데 생각하며 그 가지를 매만졌고 자고 일어났을 때 어깨가 그다지 무겁지 않았으므로 발이 빠져 나오더라도 좀더 머리를 밑에 두고 자면 된다고 생각했다 그렇게 두번째 세번째 잠을 자다 맞은편 벽에 발을 맞대고 있다는 것을 깨닫고 바닥에 내려와 잠을 청했으나 무언가가 또 정수리를 긁었다 이제는 아예 다른 방향으로 머리를 두고 잠을 잤지만 자고 일어나면 나뭇가지가 정수리를 긁고 또다른 곳에 머리를 대고 누워도 벽은 언제나 있어서 나뭇가지는 자라고 나는 밤에 불을 끄고 정 가운데에 앉아 사방에서 튀어나온 나뭇가지들을 바라보았다 불을 껐는데도 이상하게 창밖이 환했다 창을 열자 별들이 쏟아져 들어왔고 그들은 나뭇가지에 하나씩 자리를 잡은 채로 나가지 않았다
나는 이제 밝은 방에 앉아 있다

제 2 부

초록의 뼈

자전거를 타는 초저녁의 여름이다

아무도 없는 거리
일산의 아파트 단지에는 예능 프로그램 소리가 작게 들
리고
불이 희미하게 켜진 주점에선 야구를 보면서 맥주를 마시
는 사람이 있다

소리 내며 날아가는 작은 새, 눈 뜨면 무성해지는 나뭇잎
들의 고요한 춤, 피자를 배달하는 오토바이의 뒷모습 점점
작아지는 엔진 소리를 들으며

벽에 걸린 유리 나무 수납장에서 책을 꺼내 읽던 너를 생
각하고 있다

너를 부르면 책을 펼친 채 너는 돌아보고 수납장 안에선
나무와 잎사귀가 무성히 자라나고 그곳에서 녹주석(綠柱石)
이 태어나 네 얼굴의 굴곡을 밝고 어두운 초록빛으로 채워
나간다 들고 있던 책장은 나무가 일으키는 바람에 빠르게

넘어가고

   열린 아파트 창문에선 푸른 잔체크무늬 커튼이 들어갔다 나오며 나와 눈을 맞추고 나는 그렇게 이곳에서 천천히 세 바퀴를 더 돈다

   그래요, 저 이제 부당하다 느껴도 아무 항의를 할 수 없고 해도 소용이 없는 무언가가 되어버렸어요

   네가 너의 눈두덩이에 손을 가져다 댈 때 또 그 손가락과 눈두덩이로 번져가는 광물의 초록빛을 보았을 때 나는,

   자전거를 타고 와 이제 정말 여름, 여름 소리 내며 욕실에서 뱅글뱅글 돌아가는 고양이 털을 모으고

   그래, 그래도 아마 알 수 있을 것이다

   자전거를 타는 꽤 늦은 저녁의 여름이다

가방엔 물 그리고
주머니엔 사탕을 가득 챙겨 왔다

박하사탕을 먹고 휘파람을
불었다

Mobiles

검은 삼각은 말했다

밖에서 바람이 불어올 때면 너와 부딪치며 나는 내 몸의
소리가 좋다

빨간 사각은 부딪히며 생각했다

지금 이 시간엔 이 벽의 얼룩을 꼭 보게 된다
30초 뒤엔 달력을
또 30초 뒤엔 벽에 걸려 매일 아주아주 조금씩 자라나는
식물을 보겠구나

지금은 여름이니
잘하면 1분 뒤, 나무 위 새를 볼 수도 있겠다

파란 원은 요새 이상했다

창문 밑에서 아이가 울던 날이 있었다 (보지는 못했지만)

우는 박자에 맞춰

빠르게 올라가던 파랗고 동그란 풍선이 창문을 잠시 지나
쳤을 때 (한순간 박제된 것처럼 느려 보였던!)

파란 원은 그 순간을 계속,
계속
기억한다

아래 책상에서 콧노래를 부르며 박스 끝을 가위질하는 사
람이 보인다

원은 요 근래 그것을
뚫어져라 직시한다

빨간 사각이 부딪히며 소리친다

박스 안 봤어?

　　　　　파랗고 노란 새 모양 친구들이

　　　　　　조만간 또 우리 옆

　　　　　　　에 있을 것

　　　　　　　　만 같

　　　　　　　　고

바람 분다

나무 위에 앉은 새가 자리에서　　　　　　　　　몸에서

벗어날 준비를 하고　　　　　　　　　　　　　소리가

　　　　　　　　　난다

수압

나무 수저에 올리브오일이 흘러내린다
아무것도 할 수가 없어 팔에 힘이 들어가지 않아
오후 햇볕은 과분하게 따뜻하다
샐러드 만들기를 관둬버린다

지붕이 새파란 정자엔 할머니들이 거리를 두고 앉아 있다

마스크를 쓴 고등학생들이 운동장을 걷고 있다

창밖으로 겨울 이불을 터는 사람이 있다

산책하다 무릎을 꿇고 강아지 머리를 쓰다듬는 사람이
있다

골목에서 담배를 피우는 사람이 있다

내일은 내가 자주 죽었다

아이들은 하교한다

나무 수저에 국간장이 흘러내린다
국수를 만들자
하루의 마지막 햇빛이 희미하게 끓고 있는 물 위를 일직
선으로
통과한다

밤 자전거 벨소리가 들린다

반대편 집의 불들이 하나둘, 켜진다

오늘은 내가 매번 살아 있고
그것이 이상하다는

생각을 시작
시작

시작한다

자장가

너무 지루해서
고양이와 함께 벽과 천장을 걷는다

어제 이 벽엔 곰팡이가 없었는데 금세 또 생겼어
천장 구석도 마찬가지야
건물이나 동물이나 나이 들면 별수 없구나

천장을 걷는 건 너랑 나만 할 수 있는 일
홀로 벽과 천장을 걷는 고양이는 있어도
이렇게 자주 함께 걷는 건 우리밖에 없다고 너는 매일 말
하고

요새 이상해 이상하게 계속 잠이 와
밖에서 무지갯빛이 들어와 너의 눈을 지나쳐 천장에 고여
있어도
이전처럼 너는 건들지 않고

창밖 구름의 움직임을 바라보다
벽에 서서 느리게 양쪽 눈을 깜빡거린다

그럴 때면 서 있는 너를 꼬리까지 감싸안은 채

바닥
벽
천장
벽
바닥

천천히 돌아다니다
침대에 눕혀준다

나는 다시 벽을 걷는다
예전엔 새하얗던 벽에 찍힌 네 희미한 발자국 그 자국들을
하나하나 손가락으로 매만진다

네가 일어나면 저녁을
함께 하자

VOID

네가 준 편지 안은
항상 이렇다

한해, 한해
어떻게든,
아무쪼록
잘 살자.
잘 살아가보자.

이 안에 들어오면 항상

이렇게 희고
이렇게 어둡고
이렇게 문이 없는 방이 많고

발밑에서 그리고
나의 머리 위에서
복도 끝과 끝

문과   문   사이   사이로

　　　　　사이

　　　　　　　사이로

문과

　　　사이

네 잉크가 묻은 여우별들이 물속에 잠겨
자유롭게 날아다니고 있어

내 머리를 쓰다듬는구나
내 속눈썹에 너의 잉크가 살짝 얹혀진다

나는수평으로함께잠겨보려고합니다.

Turquoise

귀걸이 보시려고요?

빛의 각도에 따라 제 색을 바꾸는 오로라 크리스털, 흰 새의 윤기 나는 깃털과 같은 진주, 여름날 가끔 불어오는 바람에 흔들리는 초록 잎사귀 같은 그린 오닉스……

물건을 보여주는 직원의 귀에선 작고 푸른 보석이
형광등 빛을 받아 흔들리고

나는 그 보석 안쪽으로 서둘러 사라지는
물고기의 꼬리를 본다

오늘도 일기에 그림을 그려 왔니?

수족관의 물고기 친구들이요.

푸른색을 항상 잘 표현해요!
붉은 색연필, 칭찬 도장

횟집 수족관 앞에 앉아 할머니 퇴근을 기다린다

횟집의 수족관 언제나 물감 같아
이런 색을 무엇이라 부르지
내 크레파스엔 비슷해도 똑같은 색은 없는데

할머니, 왜 난 아버지가 없어? 애들이 자꾸만 뭐라고 해.

한쪽 손엔 인형을 들고 할머니에게 업힌 채
별도 없는 탁한 하늘, 제멋대로 깜빡이는 가로등, 바로 옆
에서 스치는 자동차와 매연 사이를 매일매일 지나간다

턱을 괸 얼굴을 감싸는
수조의 푸른빛

혹시 지금 하고 계신 귀걸이는 무엇인가요?

아, 터콰이즈예요.

터콰이즈

터콰이즈
구나

나의 귀 끝이 햇빛에 닿을 때마다
터콰이즈 속에서 헤엄치는 물고기의 꼬리를 매일
본다

돌고래

친애하는 친구 할머니 집에는 항상

고목에 기대 세워진
낡고 먼지 하나 없는
아기 나무 의자가 있다.

이 의자는 아주 오래전부터 이곳에 있었지요?

비가 와도 다음 날이면 비에 맞은 흔적을 볼 수가 없고
눈이 쌓인 것도 한번을 본 적이 없어요.

아이가 있으셨던 것으로 알고 있어.
그랬구나.

시금치 키슈는 어디서 배우셨어요?
정말 맛있어요.
이건 여행 선물이에요.

나는 바다에서 사온 스노우볼을 건넨다.

그 지역의 마스코트는 돌고래여서, 웃고 있는 작은 돌고
래의 코엔 반짝이는 공이 올려져 있다.

이렇게 흔들면 돼요.
돌고래구나?

기뻐하며 스노우볼을 흔들던 그녀는 한참이나 안을 들여
다보고

저 의자는 돌고래가 꿈속에서 가져다준 이의 것이란다
말한다.

맑고 순한 눈을 가진 흰 돌고래
활짝 웃으며 그녀에게 다가와
타라고, 어서 타라고

돌고래의 눈 속을 자세히 들여다보니
용(龍)이 헤엄쳐 다녔고

그 용을 타면

네모난 건물을 뚫고 나와 사방으로 자라나는
나뭇가지와
그 나뭇가지에 새가 앉았다 일어날 때
일제히 파도처럼 요동치는 가지들의 모습과
소리를

가까이서 보곤 했다.

아직도
그 아기 의자의 등받이에는 이런 문구가 선명하게 각인되
어 있다.

사랑 같은 건 허들처럼
뛰어넘어서
어떻게든

갈게.

어제는 밤에 눈이 한참이나 왔다. 연인의 손을 잡고 나는
신나 눈오리를 한참이나 만들다가……
연인의 손을 잡고 집으로 가다 이런 생각을 한다.

의자는 오늘도 깨끗할 것이다.

밤나무 뒤 동물의 형형한

면접 대기 중이다 고요한 복도에
다섯명과 같이 있다

나는 고개를 돌려 복도 끝을 바라본다
이 건물은 아무래도 이상하다 바라보면 바라볼수록 복도
끝이 어떻게 생겼는진 보이지 않고 칠흑같이 어둡기만 하고

원래 검은 틈새에선, 눈동자의 빛을 자주
본다

밤
나무

밤이었고 나무가 있었고 나무 뒤엔 눈동자가 있었다
낮엔 밤을 줍고
밤엔 커다랗고 노란 눈동자의 빛이 하늘에 닿을 때마다
강과 하늘의 위치가 바뀌었다
눈동자는 어두운 강이 위에 있을 때 뛰어들었다 검은 물
결은 눈동자를 안고 노랗게 반짝이며 계속 계속 흘러갔고

집으로 돌아와 불을 끄고 흰 천장을 쳐다보면 좁고 검은
틈새가 생겼다
틈으로 삐져나온 눈동자는 자는 나를 내내 바라보았고
가끔 강물이 떨어지는 바람에 베개와 시트가 축축했다

취미가 되고 싶지 않았던
피아노

검은건반을 보지 않고 치도록 해 쳐다보면 눈동자가 보여
그 틈새로 손이 또 들어가버리면 눈빛에 손가락이 베여버
린다

쫓아오는 사람도 없는데 너무 빠르게 연주하는구나 마치
도망치는 것만 같이

밤
나무

연주를 마치고 돌아와 누우면 어제보다 조금 더 넓어진 틈새, 천장에선 이제 물이 비처럼 내린다 저 눈빛을 도무지 도무지 보고 싶지 않아 엎드려 잠들어버리고

　녹화(錄畵)된 나의 옆모습
　어떤 곳도 보지 않고 치는 피아노
　빨라지는 템포

　점점 넓어지는 천장의 어두운 강
　쏟아지는 물
　더이상 사용할 수 없는 물 위에 뜬 침대
　쾅 닫아버린 문

　나무
　밤

　점점 길어지는 어두운 복도
　복도 끝으로 도망쳤다 다시 내 귀에 꽂히는 그
　음(音)들

나는 고개를 다시 돌려 천천히
앞을 쳐다본다

"있잖아, 난 이제 따라가지 않아. 이곳에 어떻게든
붙어 있을 거야."

검은 건반, 틈새로 들어가는 손가락
틈새 속 형형한

눈동자

"오래 기다리셨습니다. 21번에서 26번까지 들어오십시오."

입장하면서 옆을
바라본다

복도 끝은 지극히 평범한 가을이다

비가 지나가면 알림을

열심히 무엇을 쓰려고 해

아니 굳이 쓰지 않아도 좋다 쓰지 않고 일을 하든 무엇이든 그것은 쓰는 것과 동일할 것이다

그런데

너를 사랑하는데 어떡하지?

나는 사실 시 쓰는 자의식이나 사랑 같은 단어는 어떻게든, 평생 쓰지 않고자 했고

아는 게 많지 않은데 안다고 하지 않으려 했고

내 지나간 모든 어떤 피해 사실은 피해가 아니라고 생각하려 했고

비가 오고 밥을 먹으면 토하고 너무 많은 시간이 있으면서 없다는 것에 너무 쉽게 어떤 것에 스스로를 투영하게 된다는 것에 그래, 그럴 수밖에 없다는 것에

비장한 무언가를 비웃고만 싶다

풀은 비를 맞고 무성하게 쑥쑥 자라난다 나 여태까지 이
만큼 자랐습니다 나를 봐주세요 나는 금방 그런 걸 꺾어버
리고만 싶다

그러나 내가 꺾기 전 그것들은 이미 사라져 있고

밥을 먹으면서 그런 걸 그리워하는 걸
먹다가
먹지 못하고

그런데
너를 사랑하는데 어떡하지?

얕은 물을 핥는 노란빛의 강아지가 내게 미소 짓는다

그는 내게 거짓은 없다고만

바다비누

그때 바닷빛은 너무 밝았다

해변에서 웃으며 개와 달리는 아이들
사진을 부탁한 연인이 뒤돌았을 때
하늘 위로 저만치 날아가는 밀짚모자와
누군가가 건물 위에서 바다로
날리는 종이비행기

눈이 부시네

그런데 이건 너무 영화 같은 기억 아니야?

이왕 영화 같은 기억이라면,
좀더 이 앞의 장면들을 생각해보자

우리를 괴롭힌 인간보다
우리는 반드시 오래 살 거야

그러니 우리

일어나지 않은 일에 더이상
얽매여 슬퍼하지
않도록 하자

아니 아니, 이 장면 앞에는
이런 모습들이 있었다

이래서는 너의 자리는 어디에도 없어
바닷속에 손을 넣으면 내 손이 그냥 이대로
녹아 사라져버렸으면 해

파도가 요란하다

테이블 위 물컵이 모서리에서 자꾸만
자
　꾸
　　만

흔들린다

이 장면 뒤에는 또 무슨 장면이 있었지?

밤바다 옆 보도를 함께 걸었다 가로등 불빛이 너무 밝아
무수한 벌레들이 저마다 반짝이고
여름 바람이 얇은 우리의 옷 사이사이를
통과한다

마른 손을 쓰다듬고
이마를 맞추었다

우리의 머리 위에서 반짝이는 벌레들이
계속 궤도를 그리며 움직이고

눈이 부시네

그런데 어떤 기억들이 슬퍼서 견딜 수 없었던
그런 장면들도 있지 않아?

별 도움 되지 않는 그런 건 잊어버렸어

아직도 마른 가지와 같은 손가락으로 너는
책상을 두드리다 말한다

점심시간이네?

밝지 않은 밖으로
우리는 손을 잡고

점심을 먹으러
나간다

점심을 맛있게 먹을 것이다

LEGO

내겐
억새가 꽂혀 있는 유리병이 있다

매일매일
억새와 물이 담긴 병 사이를 통과하는 빛이 내 테이블 위
로 오전이며 오후를 쏟아놓고 가져간다

쏟아놓고
가져가고

펼쳐두고
또
회수해버리고

누가 발을 박아둔 것처럼 내내 근처를 서성이고 테이블
위에 팔을 누인 채 빛의 움직임만 따라다니다

어느 순간
저 빛이 지나치게 아름답다는 걸 알게 되었다

여전히 발은 박혀 있지만

나는 저 병을
깰 것이다

사찰 가는 길

흰 꽃이 만개한 배나무들 아래에서 눈을 떴을 때,
아무래도
내가 오늘 오후의 가장 밝은 빛 중
하나가 되었다고

햇빛이 눈에 가득하고
벌들이 윙윙대며 배꽃 사이사이를 지나간다

근처를 지나가던 아이들이 그들의 보호자에게
나도, 나도 하며 옆으로 밀려들어오듯이 눕는다
어린 눈들에 햇빛을 가득 담은 채 까르르 웃었고

잘 가요
잘 가렴

무릎을 털고 일어나
머리카락에 낀 나뭇잎을 정리하며 걷고 있는데

배나무 농장을 지키는 흰 개가

한달음에 달려와
즐겁게 안긴다

이놈이 지키라는 농장은 안 지키고 아무한테나 가서
안기면 어떡해

저는…… 괜찮아요 좋아요
그래…… 귀엽죠? 어제 집에 없어서 몰랐는데
추운 데서 자면 입 돌아가 이걸로
택시를 타

이 장면들은
아무래도, 도무지
도무지
하며
밤의 배나무밭 근처 나무에 목을 매러 갔을 때의 일이었
다고
한다

나무 근처로 정신없이 올라가다
문득 뒤를 돌았는데

빛이 하나도 없는 어두운 밤에
배꽃들이 너무 하얘서
땅에 붙어 있는 흰 별들의 정류장과 같아서

왜 그랬는진 모르겠지만
이거 한번만 아래에서 보자, 딱 한번만
하고 그 밑에 들어가 잠이 들었고

지금은 함께 바다 근처 사찰을
올라가고 있다

도착하면 네게
흰 구슬 염주 팔찌를 선물하려고
한다

도장도 파줄 것이다

네 이름 옆엔 배꽃 모양도 함께
새길 것이다

네가 그것들을 받아 들고
기뻐하길
바라고 있다

설국(雪國)

아무도 밟지 않은 눈길을 걷다
사슴의 발자국을 보았다

사슴의 발자국에
내 발을 겹쳐보니

나는 내 발자국을 알고
그 발자국도 나를 아는 듯

발에 꼭 맞았다

나는 물속에서
잃어버린 것을
나무 속에서 찾는 사람

하지만
사슴의 발에 내 발을 맞추자

물처럼 투명히 빛나는 날들이

지속되지 않아도

유리 같은 이 눈 속에
발이 들어맞을 수만 있다면

그곳이 어디든 이렇게
서 있을 수 있다고

궤도 연습 4

오늘 가장 많이 출입문이랑 플랫폼 사이에 걸려 있는 게 뭐야? 회수 및 배출 다 했어?

아, 대표적인 것들 보고 올리겠습니다. 월요일이라 그런지 참 많이들 두고 갔더라고요.

1. 바다, 휴가, 바다라고 엄청 조용하게 중얼거리는 반투명 납작인간(비고: 바다가 어느 방향인지도 모르면서 무작정 앞으로 가려 하는 특성이 있음)
2. 어제의 사랑(비고: 기운 없어서 잘 잡힘. 재활용이 불가하기 때문에 따로 묶어서 버릴 것!)
3. 미래(비고: 엄청 눈부심)
4. 기대(비고: 3번이랑 같이 붙어 다님)
5. 무선 이어폰 한짝 다수
6. 신용·체크카드
7. 버섯(비고: 저녁 찬거리)

돌려줄 수 있는 건 늘 그렇듯이 담당자에게 맡겨놨고요.

재활용되는 것도 따로 묶어서 배출 담당자에게 전달드렸습니다.

이상입니다.

수고 많으셨어요!

캠핑 일기

서로에게 꼬리를 감은 채 나란히 걸어오는 고양이들이
우리도 이 차를 타보고 싶다 해서

밤에는 항상
차창 너머 빙글빙글 돌며 가까이 다가오는 목성,
파도가 멈춘 바다 위를 일제히 달려나가는 사슴들,
뾰족하고 검은 잎이 빽빽한 나무 위에 앉아 노래를 흥얼
거리는 유령들과 함께 있을 수 있었다

즐거웠어
언젠가 반드시 만나

건물과 건물, 타워크레인을 넘어 밤하늘로 뛰어 올라가는
네개의 귀가
보이지 않을 때까지

유령과 나란히 서서
손을 흔들었다

여름 샐러드

저걸로 샐러드를 만들 수 있을까?

대교에서 얼어붙은 바다를 바라보는 꿈을 자주 꾸었다 굳이 시키는 사람이 없는데도 무언가를 기다렸다 얼어붙은 물속엔 초록 잎사귀들이 빠르게 흐르고 있었다 그게 예뻐서 언젠가는 저걸로 샐러드를 해 먹어야지, 그래야만 한다고 늘 생각했다 그렇다면 도끼를 가져올게 저걸 깨뜨려서 너에게 줄게라고 하는 사람들이 많았으나 나는 아니라고 했다 이건 그렇게 해결할 일이 아니라고 생각했다 그들은 결국 도끼를 남기고 떠났고 나는 그 도낏자루들을 분리해 의자도 만들고 대교를 더 튼튼하게 정비했다 의자에 앉아서 얼음 안에서 궤도를 그리며 돌아가는 잎사귀들을 망원경으로 매일매일 바라보았다 나는 이제 바라보는 것만 할래…… 이제 그만 돌아다니고 싶어……

보통 이렇게 되면 국면 전환을 위해

너는 얼어붙은 바다 위를
아주 가벼운 발걸음으로 사뿐히

걸어온다

그리고 얼음 속에 갇힌 잎사귀가 아닌
흐르는 물 속에서 헤엄치는
잎사귀들을 내게 건넨다

이제는 샐러드를 만들 수 있을 것 같다

로 끝날 것이나

나에게 너는 사실 영영 없는 것이 당연하고

그게 그렇게 아쉽지 않다

왜냐하면 샐러드는 있잖아, 꿈에서 깨어나
만들어 먹으면 된다

그런데
만일 네가 있다면

네가 너 자신에 대해
일일이 설명하지 않아도 되는 날들이 많길

나를 굳이 구하러 오지 않아도 되는 날들이
당연하길

누군가의 당연한 행복을 이상하게
기다리고 있다

그런데
이렇게 말할 수 있는 근거가 있어?

응. 왜냐하면 나는

이미 대교에 불을 지르고
깨어난 지 오래되었다

겨울

종이 태우는 냄새가 난다

책상 위에 펼쳐진
과학 서적, 우주의 어느 한 부분이 찍힌
사진

의자에 걸쳐놓은 캐러멜색 코트,

눈이 많이 쌓인 운동장에서 타원형으로
달리는 언니

아무도 없으니까 좋다.
그러다 넘어져요.

저길 보라고, 내 발자국만 있다고
언니는 물때 낀 창문에 손가락을 가져다 댄다

책 좀 더 읽다 가려고?
아뇨.

언니는 의자에 걸쳐둔 코트 밑자락을 털고
나는 옷걸이에 걸린 코트를 꺼낸다

코 안쪽이 찡해. 종이 타는 냄새가 나.
매년 겨울 그랬어요.

매년?
네.
매년.

걸음이 빠른 언니의 발자국이
눈 때문인지 유독 선명하게
보인다

VOID

언니, 큰 공간은 우리의
것이에요.

시작의 공간을 시작하기

김태선

1

"하늘에 피어난 산호(珊瑚)." 강지이는 『시작하는 사전』
(창비 2020)에서 '나뭇가지'라는 낱말을 이렇게 정의했다. 나
뭇가지에서 산호를 보는 눈은 그 사물뿐만 아니라, 사물이
속한 시간과 공간의 정서까지 함께 바꾸어낸다. 하늘은 단
순히 비어 있는 곳으로 머무르지 않고 산호가 자리한 바다
와 같이 물로 가득 찬 질료적 감각으로 우리에게 다가오기
시작한다. 나아가 날개를 지니지 않은 사물들도 자유롭게
날아다니게 되리라는 예감을 갖게 만든다. 이렇듯 나뭇가지
를 산호로 바라보는 시인의 시선은 사물에게서 지금-여기
와는 다른 곳으로 이르게 하는 문을 발견하고, 그 문을 열어
지금-여기와는 다른 시간과 장소를 불러들인다. 『수평으로

함께 잠겨보려고』에서 우리는 강지이 시의 '나'가 자신이 속한 현실 안에서 새롭게 공간을 내며 바깥으로 나아가려는 움직임들을 만나게 된다. 시가 자리하는 지면은 헤테로토피아(heterotopia)로서 우리로 하여금 지금-여기와는 다른 시간과 공간의 정서, 즉 바깥의 경험으로 인도한다. 이를테면 "그곳에 영화관이 있었다"라는 말과 함께 우리는 시를 읽고 있는 지금-여기의 시간과 장소와는 다른 곳으로 여행을 떠나게 된다.

그곳에 영화관이 있었다

여름엔 수영을 했고 나무 밑을 걷다 네가 그 앞에 서 있기에 그곳에 들어갔다 거기선 상한 우유 냄새와 따뜻한 밀가루 냄새가 났다 너는 장면들에 대해 얘기했고 그 장면들은 어디에도 나오지 않은 것이었지만 그래도 좋았다 어두워지면 너는 물처럼 투명해졌다 나는 여름엔 수영을 했다 물 밑에 빛이 가득했다

강 밑에 은하수가 있었다
—「여름」 전문

시의 목소리가 전하는 이야기는 마치 지나간 어느 여름 날 영화관에서 이루어졌던 '너'와의 추억을 재현하는 것처

107

럼 보인다. 그곳의 "상한 우유 냄새"는 그 기억이 지금 시점에선 너무나도 오래된 것만 같은 느낌을 갖게 하지만, "따뜻한 밀가루 냄새"는 그럼에도 포근하고 따스한 정감으로 다가온다. 이러한 냄새들이 불러일으키는 정서는 "장면들에 대해 얘기"하는 '너'의 모습에 대한 기억이 "그래도 좋았다"는 감정으로 이어진다. 그런데 "그 장면들은 어디에도 나오지 않은 것이었지만"이라는 표현이 심상치 않다. 이 말은 지금까지 과거의 기억을 재현한 것으로 보였던 표현들을 다른 의미의 층위로 구성해낸다. 이 지점에서 시의 목소리가 전하는 장면들이 펼쳐지는 장소가 영화관이라는 점에 주목해보자.

영화관에서 영사되는 빛은 스크린이라는 가로막힌 2차원의 평면에 깊이를 지닌 3차원의 열린 공간을 구성해낸다. 나아가 영화를 보는 우리는 눈에 보이는 장면뿐만 아니라 그 이면에, 혹은 화면 바깥에 자리한 이야기와 정서를 함께 읽어낸다. 비가시적인 영역에 머무르던 것들을 마치 눈에 보이는 것처럼 경험하는 것이다. "어디에도 나오지 않은 것이었"던 '너'의 장면은 그렇게 보이는 것 이면에 자리한 또다른 존재, 지금-여기와는 다른 시간과 공간의 정서에 관한 것들을 표현한다. 영화관이 어두워져야만 빛으로 나타내는 다른 시간과 공간의 존재가 잘 드러나는 것처럼, "어두워지면 너는 물처럼 투명해졌다"라는 말은 스크린이라는 외현(外現)에 가로막혀 숨겨져 있던 것들이 벽을 허물고 제 모습

108

을 드러내는 순간을 전한다. 이와 함께 "나는 여름엔 수영을 했다"라는 말은 "물처럼 투명해"진 '너'의 안으로 들어가는 일, 즉 '너'가 이야기하는 "어디에도 나오지 않은" '장면'으로 들어가 그 안을 자유롭게 옮겨 다니는 행위를 이르게 된다.

「여름」에서 '나'가 전하는 이야기는 흘러가는 시간과 함께 사라져간 것들에 관한 것이다. 그러나 지나가버린 어느 한 순간의 추억을 재현하는 일에 머무르지 않는다. "물 밑에 빛이 가득했다"에서 알 수 있듯, 사라졌다고 생각했던 어느 한때의 장소가 지닌 독특한 정서는 빛을 내며 지금-여기와는 다른 시간과 공간에서 제 나름의 방식으로 존재한다. 강지이의 시작(詩作)은 그와 같은 존재의 빛을, 그 다른 시간과 공간을 다시 지금-여기로 부르고자 하는 노력이며, 그들이 다시 돌아올 때에는 언제나 새로운 의미를 발산한다는 사실을 배우는 일이기도 하다. "강 밑에 은하수가 있었다"라는 말처럼, '수영'으로 표현된 시 쓰기의 움직임은 흘러가는 '물'에 들어가 그 안에서 빛을 발하는 존재들을 만나 세계를 탐색하는 과정이다.

이제는 아예 다른 방향으로 머리를 두고 잠을 잤지만 자고 일어나면 나뭇가지가 정수리를 긁고 또다른 곳에 머리를 대고 누워도 벽은 언제나 있어서 나뭇가지는 자라고 나는 밤에 불을 끄고 정 가운데에 앉아 사방에서 튀어

나온 나뭇가지들을 바라보았다 불을 껐는데도 이상하게
창밖이 환했다 창을 열자 별들이 쏟아져 들어왔고 그들은
나뭇가지에 하나씩 자리를 잡은 채로 나가지 않았다
　　　　　　　　　　　　　　　　──「이곳에서 보는 첫번째」 부분

　시인은 빛을 내는 것들과 만나기 위해 때로는 잠을 이루
지 못하기도 한다. 「이곳에서 보는 첫번째」에서 시인은 새
로 이사한 곳에서 잠을 잘 때 겪은 기이한 일을 전한다. "첫
번째 잠을 자고 일어나자 무언가 살짝 정수리를 긁었다"고
하는데, 그 '무언가'의 정체는 "머리를 두는 벽 쪽"에서 자라
난 나뭇가지이다. 강지이의 시에서 '나뭇가지'의 존재는 예
사롭지 않다. 자유롭게 뻗어나가는 시적인 생각이나 상상
을 일컫는 상징적 존재이며, "물의 중앙에 떠 있는 달, 그 달
위에 자라난 거대한 나무, 고요하게 헤엄치는 나뭇잎과 나
뭇가지"(「수영법」)처럼 자유롭게 움직이는 모습으로 등장하
기도 한다. 시의 화자는 나뭇가지를 피해 잠을 청하지만 머
리를 두는 곳마다 나뭇가지가 자라나 정수리를 긁는다. 이
처럼 나뭇가지가 벽에서 자라나는 장면은 '나'의 생각이 막
힌 곳을 뚫고 닫힌 공간을 여는 자유로운 움직임을 그린다.
'나'는 그러한 '나뭇가지'에 "별들이 쏟아져 들어"와 "하나
씩 자리를 잡은 채로 나가지 않았다"고 하면서, 잠을 이룰
수 없을 정도로 끊이지 않고 뻗어나가는 자유로운 생각들
위로 자리를 잡는 시적인 영감과 만나는 장면을 노래한다.

2

    시인이 시 쓰기를, 나뭇가지처럼 자유롭게 뻗어나가는 생각들을 멈추지 못하는 까닭은 무엇일까. 「그림자 극장」에서 '나'는 "창밖"에 있는 "대여섯의 나무"를 노래한다. "대여섯의 나무, 하늘을 수놓은 까만 나뭇가지 그 사이를 지나는 암청색의 빛 어디까지 갈지도 모르고 더 높이 닿을 수도 없을 것만 같은데 나뭇가지는 쉬지 않고 조금씩 하늘로, 더 위로 나아간다." '나'는 "그런 아름다움을 보며/평생을 견디고 있다"고 말한다. 어쩌면 강지이 시의 화자인 '나' 곧 시인이 시 쓰기를 멈출 수 없는 까닭은 "그런 아름다움"과의 만남이 바로 시의 공간에서 이루어지기 때문인지도 모른다. "다양한 여성들이 있다, 그 사람들은 지금 같이 이곳에서 우리와 있다.에 대한 기록을 보면서/그나마 행복해했고"라고 말하는 것처럼, 자기 자신으로 살아가는 다양하고 고유한 삶과 만나는 일, 또 그러한 삶으로 살아가는 일을 긍정하기 때문일 터이다. 그런데 이러한 문장들에서 우리는 '나'가 자신의 삶에서 겪는 어떤 억압으로 인해 괴로워한다는 사실 또한 보게 된다. "견디고 있다"는 말은 '나'가 속한 현실이 어떤 고통을 부과하고 있으며, 이를 감내하라고 강요한다는 사실을 암시하는 기호이다.

룸메이트는 자면서 자주 잠꼬대를 했다. "죄송합니다.
다 제 잘못입니다." "전부 사실인데 도대체 무엇이 거짓인
가요." 자고 있는 룸메이트의 베개 끝을 만져보니 그것도
축축했다. 베개들이 전부 축축하고 도무지 쓸 수가 없어
서 나는 그녀가 말하는 문장들을 베고 다시 잠이 들었다.
다리가 사과가 되어가는 꿈을 꾸었다. 상하지 말라고 물
을 줘도 자꾸만 자꾸만 단 냄새를 풍기며 다리는 착실히
썩어가고 썩어가면 썩어갈수록 단 냄새는 진해지고 룸메
이트는 이제 "제 잘못입니다" "죄송합니다"와 같은 말을
점점 더 하지 않고 몇개의 단어만 중얼거리고

—「베개」 부분

시인은 함께 방을 쓰는 룸메이트에게 시선을 돌린다. 지
금-여기와는 다른 시간과 공간으로 '나'를 인도했던 '물'은
룸메이트의 슬픔을, 그리고 그를 바라보는 '나'의 감정을 형
상화한 질료로 등장한다. 「여름」 「수영법」 등에서 자유롭게
흐르거나 떠다니는 것으로 나타났던 '물'은 여기서 룸메이
트의 잠꼬대와 만나 현실의 중압감이라는 무게가 얹혀 밑
으로 떨어지는 것이 된다. "죄송합니다. 다 제 잘못입니다."
"전부 사실인데 도대체 무엇이 거짓인가요"라고 말하는 룸
메이트의 잠꼬대는 그대로 물이 되어 떨어져 베개를 적신
다. 그렇게 젖은 베개를 베고 잘 수 없게 되자 '나'는 "그녀
가 말하는 문장들을 베고 다시 잠이 들"고, 룸메이트가 전한

사과의 말은 '나'의 꿈속에서 "다리가 사과가 되어가는" 것으로 나타난다. 사과로 변해버린 다리는 "물을 줘도 자꾸만 자꾸만 단 냄새를 풍기며" "착실히 썩어가고" 만다.

다리가 썩어간다는 것은 '나'에게 걷는 일이, 앞으로 나아가는 일이 불가능하게 되어간다는 걸 이르는 징후로 보인다. "물을 줘도 자꾸만" 다리가 썩어가는 꿈을 꾸는 일은 어쩌면 현실의 아픔에 대응하는 일에 시가 무력할지도 모른다는 생각이 반영된 것인지도 모른다. 그러나 다리가 "썩어가면 썩어갈수록 단 냄새는 진해지고 룸메이트는 이제 "제 잘못입니다" "죄송합니다"와 같은 말을 점점 더 하지 않고 몇개의 단어만 중얼거리고"라는 대목에 이르러 우리는 시의 또다른 힘을 보게 된다. 여기서 "그녀가 말하는 문장들을 베고" 다시 잠에 드는 '나'의 행위는 타인이 전하는 고통의 목소리를 듣는 가운데 그 아픔에 감응하는 움직임을 시로 쓰는 일이기도 하다. 이러한 움직임은 비록 "베개는 아무리 말려도 건조해지지 않는" 것처럼 지금 당장은 미약할지도, 룸메이트가 이제는 사과의 말을 "점점 더 하지 않"게 되었듯이 점진적인 변화를 이끌어낸다. "나는 이제 그런 단어들을 베고 잔다"라고 말하면서 시인은 걷는 일을, 앞으로 나아가는 일을 가로막는 것들을 살피기 시작한다.

시집 여러 곳에서 '나'는 자신을 일정한 틀 안에 가두려는 움직임들을 이야기한다. "잘못한 게 하나도 없는데/이상한 일들이 매번/일어나는 건//그런 말을 할 때마다/네 인생은 시트콤과 같구나/울적한 얼굴도 예쁘구나"(「명랑」)라고 하며 항상 '명랑'할 것을 강요하는 움직임을 폭로하거나, "서랍에 저를 넣어두고 다니며/서랍만큼만 생각하고 있어요/그랬더니 모두들/사람 되었다며/칭찬해/줍니다"(「서랍」)라고 하며 자유롭게 생각하는 일과 나아가는 일을 가로막으려는 목소리들을 알리기도 한다. 이렇게 벽처럼 일정한 한계에 가두는 현실의 움직임들은 '나'를 "성능 상태 60% 미만"(「Plastic Home ground」)인 무력한 상태에 처하게 만든다. 이러한 상황 속에서 '나'는 "그래요, 저 이제 부당하다 느껴도 아무 항의를 할 수 없고 해도 소용이 없는 무언가가 되어버렸어요"(「초록의 뼈」)라고 말하기에 이른다.

창밖으로 겨울 이불을 터는 사람이 있다

산책하다 무릎을 꿇고 강아지 머리를 쓰다듬는 사람이 있다

골목에서 담배를 피우는 사람이 있다

내일은 내가 자주 죽었다

아이들은 하교한다

—「수압」 부분

「수압」의 화자는 "샐러드 만들기"를 멈춘 뒤 바깥 풍경을 바라본다. 그가 전하는 것은 평화롭게 보이는 일상의 장면들이다. 그러나 "아무것도 할 수가 없어 팔에 힘이 들어가지 않아"라고 말하고 "샐러드 만들기를 관둬버린" 데에서 알 수 있듯이 '나'는 지쳐 있는 상태이다. 「Plastic Home ground」에서는 "남아버린 그 거대한/시간들을 나는//지내야 한다//꺼지지 않아야 한다"고 다짐했지만, 「수압」에서는 "내일은 내가 자주 죽었다"라고 말하기에 이른다. 미래에 있을 일을 과거시제로 말하는 이 기묘한 화법은 자신의 삶이 매일 반복되는 일정한 틀에 갇힌 채로 앞으로도 계속되리라는 예감을, 그리고 그 안에서 소진되어가고 말 것이라는 정서를 표현한다. "나무 수저에 올리브오일이 흘러내린다"와 "나무 수저에 국간장이 흘러내린다"라는 말은 이 지점에서 그저 어떤 사실을 묘사하는 데에 그치지 않는다. 「베개」에서 쓰인 것처럼, 떨어지는 액체의 이미지는 '나'의 삶이 일상이라는 틀 안에 갇힌 채 그 무게에 짓눌려 추락하고 있다는 생각을 질료적 기호로써 표현하는 것이기도 하다.

그러나 나무 수저에서 흘러내리는 액체를 보는 시인의 눈은 그 안에서 마모되어가는 삶을 이르는 기호만이 아니라, 삶의 변화를 촉구하는, 갇힌 틀을 벗어나고자 하는 '물의 압력'을 함께 본다. '수압'을 느끼며 바깥의 일상적인 풍경을 보는 장면은 이제 매일 반복되는 생활을 표현하는 데에서 더 나아간다. "있다"라는 술어로 표현된 각각의 장면은 어느 한 순간의 상태를 담아내지만, 이러한 장면들을 이동하며 연결하는 시선의 움직임은 한 장소에 머무르는 가운데에서도 시간과 공간의 흐름을 이루어낸다. 그와 함께 '나'를 가두는 틀에 틈을 내는 생각이 시작되려 한다. "오늘은 내가 매번 살아 있고/그것이 이상하다는//생각을 시작/시작//시작한다"에서 '시작'이라는 말이 세번 쓰인 것처럼, 시인은 생각을 시작(始作)하고 시작(試作)하고 시작(詩作)한다. 시인은 그러한 시작을 '궤도 연습'을 통해 이행한다.

　연작시 「궤도 연습」에서는 일정한 노선을 달리는 교통수단 안에서 이루어지는 '나'의 이야기를 전한다. 「궤도 연습 1」에서 '나'는 지하철을 타고 가며 "온통 흰 벽뿐인 전시관"에서 보았던 "거대하고 느린 고래의 움직임"을 생각한다. 고래는 "점점 더 깊고 까만 바닷속으로 들어가고 빛이 있어 푸른 곳으로 나오고 다시 더 깊은 어둠 속으로 들어가"는 일정한 패턴을 반복하는 모습으로 등장한다. 그런 모습을 전하는 매체가 "플라스틱 화면"이라는 점은, 물속에서 자유롭게 유영하며 살아가는 것처럼 보였던 고래도 실은 일정한 궤도 안에 갇힌 채 살아가는 게 아닌가 하는 생각을 불러일으킨다. 「궤도 연습 3」에도 정해진 궤도로만 움직이는 열차처럼 빈틈없이 짜인 일과를 매일 반복하는 사람들이 등장한다. "퇴근길 열차 안에서 노을을 얼굴에 담은" 이들은 저물어가는 해처럼 하루의 에너지를 대부분 소진한 채 집으로 돌아가고 있다. 「궤도 연습 2」에서는 "이곳에서 내리겠다는/붉은 불이 켜졌"지만 "누른 사람은/창밖을 보고 있어//내리지 않았"다는 모습을 전하기도 한다.

'궤도'는 일정한 경로로만 이동하는, 한계 지어진 일종의 틀이다. 그러나 강지이가 「궤도 연습」 연작에서 그려내는 움직임은 궤도 안에만 갇혀 있지 않다. 일정한 틀 안에서 동일한 움직임만을 반복하는 것처럼 보이는 이들은 제 나름대로 바깥의 "빛나는 물을 내려다보"고, "집의 불을 밝히러" 그 빛을 "데리고 간다"(「궤도 연습 3」). 그리고 어둠 속으로만 들어가는 것이 아니라 "이미 창밖의/크리스마스 불빛들을/바라보던 누군가가//그곳에서 내렸다"(「궤도 연습 2」)에서 보듯 "빛이 있어 푸른 곳으로 나오"기도 하고, "가끔 친구를 만나면 검푸른 중간 지대에서 노래를 부르"(「궤도 연습 1」)듯 '빛'을 보며 정해진 궤도를 따라가는 가운데에서도 그 안에서 다른 경로를 찾아내기도 한다. "어두운 방에서/텔레비전 채널을 바꿀 때마다 깜빡이던 빨간 빛과/초록 빛"(「궤도 연습 2」)처럼 「궤도 연습」 연작에서의 '빛'은 벽으로 가로막힌 듯 어두워진 지금-여기를 다른 곳과 연결하는 '열린 문'으로서 우리에게 다가온다.

나는 지하철에 앉아 아까 사람이 그렇게 많았는데 어떻게

그곳의 벽은 그토록 새하얄 수 있었을까 생각하다

3호선이나 5호선으로 갈아타실 고객께서는 이번 역에
서 내리시기 바랍니다,를 듣고
　　자리에서 일어나 걷는다

—「궤도 연습 1」 부분

　　전시관의 새하얀 벽은 많은 사람이 드나들다보면 지저분
해지기 마련이다. 그럼에도 "그토록 새하얄 수 있었"던 까
닭은 어쩌면 "물이 있었기에 그의 표면은 빛이" 나는 고래
의 몸처럼 그 벽이 '빛'을 내는 것으로서 '나'에게 다가오고
있기 때문인지도 모른다. 여기서 전시관의 '흰 벽'은 단순히
우리를 가로막는 장애물로만 존재하는 것이 아니라, 빛을
되비추며 또다른 공간을 내고 있다. 마치 비어 있는 것처럼
보이는 이 '흰 벽'은 그 자체로 여백이 되어 지금-여기와는
다른 무언가를 그려보게 되는 곳으로 나타나는 것이다.
　　물론 시에서의 '나'는 자신이 던진 물음에 답을 내리지 않
고 빈 곳으로 남겨둔 채 지하철에서 들려오는 안내 방송을
듣고 자리에서 일어난다. 안내 방송을 듣고 일어나는 일은
어쩌면 '나'가 우리를 규제하는 틀에 여전히 갇혀 있는 게
아닌가 하는 의구심을 들게 할 수도 있다. 그러나 "자리에서
일어나 걷는다"는 것은 '궤도 연습'을 이행하는 일, 즉 궤도
안에 다른 길을 내는 연습을 수행하며 틀 안에 갇힌 반복과
는 다른 성격의 움직임을 그리게 된다. 이를 위해 강지이 시

의 '나'는 걷고, 걷고, 또 걷는다.

3

　『수평으로 함께 잠겨보려고』에 수록된 시편들에서 우리
는 걷고 있는 '나'를 자주 보게 된다. '나'는 "나무 밑을 걷"
(「여름」)기도 하고, 산책을 하며 "걷고 물을 마시고 또 걷다
가 커다란 물푸레나무 아래서 책을 파는 사람"(「산책」)을 만
나기도 하고, "고양이와 함께 벽과 천장을 걷는다"(「자장가」)
거나 "밤바다 옆 보도를 함께"(「바다비누」) 걷기도 한다. 걷
는다는 것은 앞으로 나아가는 일, 지금-여기와는 다른 시간
과 장소를 찾아가는 일이다. 나아가 누군가와의 만남이 이
루어지도록 하는 일, 삶을 이행하는 일이다. 그리고 강지이
의 시에서는 '한눈팔기'이기도 하다.

　만나러 가는 곳마다 통로, 골목, 골목, 나무, 다시 통로,
굴, 골목 크게 걷다가 작게 걷고 위를 보면서 마구 뛰다가
힘을 놓으면 하늘에서도 걷다가 다시 내려와 작은 수풀
통로를 통해 들어가면 작아지고 작아진 채로 끊임없이 수
풀 사이를 헤집고 들어가니 나오는 동그랗고 텅 빈 공간
끝엔 양 갈래 길 그곳에 누운 채로 고개를 돌려 한쪽 길 끝
을 바라보니 네모반듯한 돌 위의 고양이 그 고양이와 다

시 코를 맞추는 내가

—「한눈팔기」부분

「한눈팔기」에는 "속눈썹 사이에 흰 털이 자라나" 이후 "길을 다니며 마주치는 동물들에게 인사한 뒤 그들의 코에 내 속눈썹을 가져다 대었다"고 하는 '나'가 등장한다. '나'의 속눈썹을 두고 개들은 "친구가 될 수 있을 것 같아"라고 말하지만 고양이들은 "갑자기 엉덩이를 가져다 대거나 화를" 내는 등 동물들은 저마다 다른 반응을 보인다. 그렇게 '나'는 여러 동물을 만나러 "통로, 골목, 골목, 나무, 다시 통로, 굴, 골목" 등 여러 장소를 "크게 걷다가 작게 걷고 위를 보면서 마구 뛰다가 힘을 놓으면 하늘에서도 걷"는 등 다양한 모습으로 걷는다. 이렇게 강지이의 시에서 '한눈팔기'는 일상의 시선, 나아가 인간적인 것과는 다른 눈으로 세상을 보며 주어진 한계에 갇히지 않고 새로운 길과 공간을 내는 움직임이다.

강지이의 시에서 '걷는다'는 말과 함께 지금-여기에서 다른 공간을 내는 움직임이 이토록 자주 중요하게 나타나는 까닭은 무엇일까. 연작시 「VOID」 중에서 "그 산책의 시작은 놀이터였다"로 시작하는 첫번째 시에서 단서를 찾을 수 있다. "놀이터"와 "첫번째와 두번째 골목", "버드나무가 요란하게 흔들리고 잔풀만 발에 밟히는 곳"을 걷다가 "폐쇄된 박물관"에 이르는 과정이 등장하는데, 이는 "네가 흥얼거리

120

는 소리가 아무래도 잘 들리지 않아" 그 노래를 듣기 위한 공간을 찾으려는 마음에서 비롯한다. 그렇다. '나'가 걷는 일로써 다른 공간을 내는 움직임을 이행하는 까닭은 '너'의 노래를 듣기 위해서, '너'라는 존재가 상징하는 세계로 들어가기 위해서이다.

이렇게 '너'의 세계로 들어가는 움직임이 두번째 「VOID」에서 펼쳐진다. '나'는 "네가 준 편지 안은/항상 이렇다"는 말로 이야기를 시작한다. "항상 이렇다"는 말은 '너'가 언제나 같은 내용의 편지를 써서 보낸다는 의미로 쓰이기보다는 '나'가 그 편지를 되풀이하여 보는 상황을 이르는 것 같다. 여기서 동일하게 머물러 있는 대상으로 표현하는 건 "네가 준 편지"이지만, 이 말은 또한 지금-여기에는 없는 '너'의 존재를 함축한다. 이 지점에서 『수평으로 함께 잠겨보려고』에 수록된 시편들에서 '너'의 존재에 관한 술어가 대부분 과거시제로 쓰였다는 점을 살펴볼 필요가 있다. 앞서 소개한 「여름」뿐만 아니라 「그리고 너는 생각했다」「남겨진 사람들」 등에서 '너'의 존재는 모두 과거시제로 표현된다. 또한 「궤도 연습 2」「초록의 뼈」 등에서 '너'는 과거의 어떤 장면을 회상하는 자리에 등장하기도 한다. 「여름 샐러드」에서는 "나에게 너는 사실 영영 없는 것이 당연하고"라는 말로 '너'의 부재를 전하기도 한다. 이렇게 강지이의 시에서 '너'는 지금-여기에서는 만날 수 없는 대상과 세계를, 그 정서를 가리킨다.

'나'는 그런 "네가 준 편지" 안으로 들어간다. "이렇게 희고/이렇게 어둡고/이렇게 문이 없는 방이 많고"라고 표현된 공간이 등장하는데, "이 안에 들어오면 항상"이라는 말처럼 이 공간들 역시 언제나 변하지 않은 채 고정된 것으로 머무르는 모습으로 존재한다. 그러나 '나'가 안으로 들어오면서 공간의 위상적 성질이 변하게 된다. 고정되어 있던 공간에 '나'의 몸이 들어오면서 열림을 구성하는 '문'을 내고, "발밑에서 그리고/나의 머리 위에서"처럼 신체가 지닌 방향성과 함께 '사이'가 생겨나도록 한다. 이제 '나'는 마치 물속을 수영하듯 '문'과 '사이'들이 떠다니는 모습을 본다.

> 네 잉크가 묻은 여우별들이 물속에 잠겨
> 자유롭게 날아다니고 있어
>
> 내 머리를 쓰다듬는구나
> 내 속눈썹에 너의 잉크가 살짝 얹혀진다
>
> 나는수평으로함께잠겨보려고합니다.
>
> ―「VOID」 부분

"항상 이렇다"라는 모습으로 멈추어 있던 것들이 이제 움직이기 시작한다. '너'가 쓴 편지의 문장들은 비록 "여우별"처럼 잠깐 나타났다가 사라지는 일시적인 존재일지라도, 이제 "자유롭게 날아다니고" 또 "내 머리를 쓰다듬"기도 한다. 이렇게 '나'는 "네가 준 편지" 안에 들어가 그곳에 다른 공간을 내며 멈추어 있던 것들을 살아 움직이게 한다. "내 속눈썹에 너의 잉크가 살짝 얹혀진다"는 말처럼, 이는 「한눈팔기」에서의 움직임과 같이 주어진 경로에서 벗어나 지금-여기에 다른 시간과 공간을 불러들이는 일이며, 사라져 부재하는 '너'라는 존재의 시간과 다시 만나 함께 새로운 궤도를, 이야기를 써나가는 일이다. "나는수평으로함께잠겨보려고합니다"라고 말하며 '나'는 지금-여기에 다른 공간을 내는 움직임을 이행한다.

나에게 너는 사실 영영 없는 것이 당연하고

그게 그렇게 아쉽지 않다

왜냐하면 샐러드는 있잖아, 꿈에서 깨어나
만들어 먹으면 된다
————「여름 샐러드」 부분

지금-여기에 다른 공간을 내는 일을 이행함으로써 언제든 '너'와의 이야기를 새롭게 써내려갈 수 있기에 "나에게 너는 사실 영영 없는 것이 당연하고//그게 그렇게 아쉽지 않다"고 말할 수 있게 된다. '너'의 세계 안으로 들어가는 일은 지나간 시간의 존재를 지금-여기에 다시 부르는 움직임을 새롭게 쓰는 일이었다. 그런데 과거의 시간을 새롭게 쓰는 이 움직임은 지나가버린 순간으로 퇴행하는 일이 아니라, 지나간 것들이 지나갔다는 사실 자체를 긍정하게 한다. 이야기를 새롭게 쓴다는 것은 또한 지금-여기에 미래의 시간을 불러들이는 일이며, 이는 '나'로 하여금 앞으로 나아갈 수 있게 하는 힘이 된다.

0

'나'는 지금-여기에 없는 '너'만 생각하는 일에서 벗어나 스스로의 공간을 내기 시작한다. 「여름 샐러드」에서 노래한 것처럼, 이제 '나'는 "대교에서 얼어붙은 바다를 바라보는 꿈"에 머무른 채 "얼어붙은 물속"에 있는 "초록 잎사귀들"로 "샐러드를 해 먹어야지, 그래야만 한다고 늘 생각했"던 일을 다른 누군가의 도움으로 이행하길 원치 않는다. 오히려 그 얼음을 대신 깨주려 했던 이들이 가져온 '도끼'를 부숴버린다. "의자에 앉아서 얼음 안에서 궤도를 그리며 돌아가는 잎사귀들을 망원경으로 매일매일 바라보았다 나는 이제 바라보는 것만 할래…… 이제 그만 돌아다니고 싶어……"라고 말하던 때도 있었지만, "이미 대교에 불을 지르고/깨어난 지 오래되었다"고 함으로써 '나'는 먼 곳을 바라만 보게 만들었던 '대교'와 '망원경'이라는 갇힌 틀에서 벗어난다.

  "샐러드는 있잖아, 꿈에서 깨어나/만들어 먹으면 된다"는
말처럼, 강지이 시의 '나'는 스스로의 힘으로 자신이 바라는
것들을 이루어나가고자 한다. "나는 물속에서/잃어버린 것
을/나무 속에서 찾는 사람"(「설국(雪國)」)이었으나, 이제 더이
상 잃어버린 시간을 찾기 위해 과거를 향해서만 '나뭇가지'
를 뻗지 않는다. 시인의 눈은 내일을 향해 시선을 옮긴다.

    눈이 많이 쌓인 운동장에서 타원형으로
    달리는 언니

    아무도 없으니까 좋다.
    그러다 넘어져요.

    저길 보라고, 내 발자국만 있다고
    언니는 물때 낀 창문에 손가락을 가져다 댄다

    책 좀 더 읽다 가려고?
    아뇨.

    언니는 의자에 걸쳐둔 코트 밑자락을 털고
    나는 옷걸이에 걸린 코트를 꺼낸다
                                    —「겨울」부분

"종이 태우는 냄새가 난다"는 말은 겨울만이 지닌 고유한 감각과 정서를 불러일으키며, 시인이 전하고자 하는 시간 속으로 들어가도록 한다. "책상 위에 펼쳐진/과학 서적"에서 "의자에 걸쳐놓은 캐러멜색 코트"로, 이어서 "눈이 많이 쌓인 운동장에서 타원형으로/달리는 언니"로 움직이는 시선을 통해 우리는 「겨울」의 이야기가 펼쳐지는 곳이 학교라는 사실을 알 수 있다. '나'는 교실 안에서 "우주의 어느 한 부분이 찍힌/사진"이 담긴 책을 읽다가 '언니'를 바라보고, '언니'는 교실 밖 운동장에서 달리고 있다. 각각 다른 장소에서 이루어지는 둘의 대화는 마치 서로가 대립된 궤적을 그리는 것처럼 보이게 한다.

그러나 '언니'는 "저길 보라고, 내 발자국만 있다고" 말하며 "물때 낀 창문에 손가락을 가져다" 댐으로써 대립된 것처럼 보이던 관계의 벽을 무너뜨린다. "타원형으로/달리는 언니"의 움직임은 두개의 중심으로 이루어진 원을 그리는 일, 여기서 '타원형'으로 그려진 궤적은 '언니'가 '나'와 함께 정해진 궤도와는 다른 길을 내어갈 것이라는 기호로 다가온다. 이제 '나'는 책 읽기를 멈추고 바깥으로 나간다. "언니는 의자에 걸쳐둔 코트 밑자락을 털고/나는 옷걸이에 걸린 코트를 꺼낸다"는 말로써 시의 화자는 두 사람이 이제 함께 궤적을 그려나가기 시작한다는 사실을 일러준다. "눈이 많이 쌓인 운동장"은 이제 두 사람이 함께 길을 내는 공간이 된다.

강지이의 시에서 '물'이 흘러간 존재들과 만나 자유롭게 유영하는 곳을 이르는 질료였다면, '눈'은 그 위에 스스로가 개척해나가는 궤적을 언제든 새롭게 고치며 원하는 방향으로 그려갈 수 있게 하는 소재로 다가온다. 그렇기에 '나'는 "물처럼 투명히 빛나는 날들이/지속되지 않아도//유리 같은 이 눈 속에/발이 들어맞을 수만 있다면//그곳이 어디든 이렇게/서 있을 수 있다"(「설국(雪國)」)라고 말하며 자신이 자리한 지금-여기를 긍정할 수 있게 된다.

시집의 마지막 지면에 자리한 세번째 「VOID」에서 우리는 여백으로 표현된 "큰 공간"과 만나게 된다. 마치 빈 곳처럼 보이는 공간. 그러나 시인이 'VOID'라는 말로 구성해내는 공간은 단순히 텅 비어 있는 곳이 아니다. "언니, 큰 공간은 우리의/것이에요"라는 말처럼, 'VOID'는 우리가 언제든 다양한 형태로 자유롭게 움직이고, 그 이행의 궤적을 새롭게 그릴 수 있는 잠재성의 공간으로 나타난다. 이와 함께 「겨울」과 세번째 「VOID」에 등장하는 '언니'는 '나'에게 미래로 함께 나아가는 시간을 이르는 존재로 다가온다. 이제까지 '나'의 노래들은 '너'라는 이름이 상징하는 지나간 시간을 향한 움직임이었으나, 시집 마지막에 이르러 '나'가 지금-여기에 내는 다른 공간은 미래를 향해 열린다.

강지이의 시에서 '나'의 '한눈팔기', 즉 지금-여기에 다른 시간과 공간을 불러들이는 움직임은 이제 다른 국면으로 접어든다. 지나가는 시간, 지나가버린 시간을 '한눈팔기'로써 다시 이행하며 이야기를 새롭게 써나가던 '궤도 연습'은 미래를 향해, '언니'와 함께하는 새로운 길과 공간을 내기 시작한다. 시인은 자신의 새로운 이야기가 이루어지는 시간과 공간인 'VOID'를 구성해내는 과정을 그려나간다. 'VOID' 와 함께 지나간 시간에 얽매이지 않고 자유롭게 시어와 문장들을 배열하며 '나'와 '우리'의 이야기를 만들어나간다. 시작의 공간을 시작하면서, 눈처럼 쌓여가는 새로운 시간과 공간을, 다가올 또다른 만남을 긍정하며 앞으로 나아간다.

金兌宣 | 문학평론가

여름 샐러드를 먹으면서
흰 눈이 쌓인 운동장을 함께 달리자.
우리에게 무슨 일이 있고, 또 있었더라도
우린 앞으로 잘 달릴 수 있다.
그런 믿음은 이상하게도 잘
사라지지 않는다.

2021년 여름
강지이

창비시선 462

수평으로 함께 잠겨보려고

초판 1쇄 발행／2021년 8월 17일
초판 7쇄 발행／2024년 6월 3일

지은이／강지이
펴낸이／염종선
책임편집／박지영 박문수
조판／박아경
펴낸곳／(주)창비
등록／1986년 8월 5일 제85호
주소／10881 경기도 파주시 회동길 184
전화／031-955-3333
팩시밀리／영업 031-955-3399 편집 031-955-3400
홈페이지／www.changbi.com
전자우편／lit@changbi.com

ⓒ 강지이 2021
ISBN 978-89-364-2462-6 03810

* 이 책은 서울문화재단 '2019년 첫 책 발간 지원사업'의
  지원을 받아 발간되었습니다.
* 이 책 내용의 전부 또는 일부를 재사용하려면
  반드시 저작권자와 창비 양측의 동의를 받아야 합니다.
* 책값은 뒤표지에 표시되어 있습니다.